Cuento de un cocodrilo

A mi padre

Cuento de un cocodrilo

Historia popular filipina por José y Ariane Aruego

Traducción al español por Argentina Palacios

SCHOLASTIC INC.

New York Toronto London Auckland Sydney

ISBN 0-590-42695-8

Copyright © 1972 by José Aruego. Translation copyright © 1979 by Scholastic Inc., 730 Broadway, New York, NY 10003, by arrangement with Charles Scribner's Sons.

12 11 10 9 8 7 6 5 4 3   0 1 2 3 4/9

Printed in the U.S.A.   08

Caminando un día cerca del río,
Juan oyó a alguien gritando.

Miró por todos lados y vio a un cocodrilo atado a un árbol.

—¿Puedo servirte?— le preguntó Juan.

—Si me sueltas, te doy un anillo de oro,— le dijo el cocodrilo.

Juan desató la soga y dijo:
—¿Ahora, me puedes hacer el favor de darme el anillo?

—No lo tengo aquí,— dijo el cocodrilo.

—Súbete en mí y vamos a buscarlo.

Apenas llegaron al medio del río,
el cocodrilo dijo: —Yo no tengo ningún anillo de oro.
¡Y ahora mismo te voy a comer!

—¡Eso no es justo!— gritó Juan.

—Tú no puedes comerme. Yo te salvé la vida.—

El cocodrilo se rió. —La mayoría de los chicos
nunca tienen la oportunidad
de que se los coma un cocodrilo.

En ese momento apareció una cesta flotando.

—Hazme un favor, preguntémosle a la cesta si ella cree que me debes comer o no,— suplicó Juan.

—Como quieras,— asintió el cocodrilo.

—Cesta, cesta,— la llamó Juan. —Haznos el favor
de poner fin a una disputa. Yo encontré a este cocodrilo en una trampa.
El me prometió un anillo de oro con tal que lo soltara.
Cuando desaté la soga, me dijo que no tenía ningún anillo de oro
y que me iba a comer.
¿Crees que eso es agradecimiento?

—Cuando yo era nueva,— dijo la cesta, —llevaba el arroz de mi dueño al mercado, le llevaba frutas a su esposa y jugaba con sus hijos. Pero cuando me puse vieja me echaron como basura.

—La gente no es agradecida, cocodrilo, así que ¿por qué has de serlo tú? Anda no más, cómetelo,— dijo la cesta.

—Muchas gracias, respondió el cocodrilo. —Lo haré.

—¡No!— gritó Juan. Miró por todos lados y como vio
un sombrero flotando, lo llamó.

—¿Qué pasa?— preguntó el sombrero.

—Yo oí a este cocodrilo gritando porque estaba atrapado,— contestó Juan. —Lo solté y ahora me quiere comer. ¿Crees que eso es justo?

—Cuando yo era nuevo,— dijo el sombrero, —mi dueño me llevaba muy orgulloso a la ciudad. Mientras trabajaba, yo lo protegía del sol y cuando llovía, lo mantenía seco.

Pero cuando me puse viejo, me botó al río.

—La gente no es agradecida, así que ¿por qué has de serlo tú? Anda no más, cómetelo, cocodrilo,— dijo el sombrero.

—¿Lo oíste?— dijo el cocodrilo
mientras abría el hocico para tragarse al chico.

—¡No, todavía no!— gritó Juan.
—Vamos a preguntarle al mono
que está en esa planta de banano.

—Está bien, pero apúrate,—
dijo, impaciente, el cocodrilo.
—Esta es tu última oportunidad.

—¡Mono, mono!— gritó Juan.
—¡Este cocodrilo me va a comer!

—¡No te oigo!— le gritó el mono.
—Acércate un poquito.

El cocodrilo fue nadando hacia la orilla.
Juan gritó más alto: —Este cocodrilo estaba atrapado...

—Todavía no te oigo,— gritó el mono.
—¿No te puedes acercar un poquito más?

El cocodrilo se quejó. —Sólo quiero comerme al chico,—
dijo mientras se acercaba más a la orilla.

En ese momento, Juan saltó a la orilla. Estaba a salvo.

—Ah, muchísimas gracias,— le dijo al mono.

—Me has salvado la vida y te lo agradeceré eternamente.

—Si es así, tal vez me puedes hacer un favor,— dijo el mono.

—Si puedes influir en tu padre para que siembre más bananos,
habrá suficiente para todos.

Y cuando me veas en sus plantas,
¿te harás el desentendido y no me delatarás?

—De acuerdo,— dijo Juan.

Fin